| 서인석 단편소설 |

노년의 사랑

도서출판
열린동화

님께

함께 있으면 좋은 사람에게 이 책을 드립니다.

늘 건강하시고 행복하세요.

드림

날짜 :　　　　년　　월　　일

* 책을 펴내면서

이 이야기는 두 노부부, 김 할머니와 박 할아버지의 사랑을 중심으로 한 서정적인 이야기로, 나이가 들어도 변치 않는 사랑의 깊이와 일상의 소중함을 아름답게 묘사하고 있다. 이 글은 단순한 사건 전개보다는 두 인물의 감정선에 중점을 두며, 그들의 평온한 삶과 애정을 자연과 시간의 흐름에 비유하여 매우 서정적인 분위기를 형성했다.

첫 번째로, 삶과 사랑의 지속성에 대한 주제 의식이 이 작품의 핵심을 이룬다. 김 할머니와 박 할아버지는 시간과 세월에 구애받지 않고 서로를 존중하며, 그 속에서 자연스럽게 피어나는 사랑을 나누고 있다. 특히 시간이 지나며 그들의 건강이 쇠약해지거나 인생의 마지막에 가까워짐에도 불구하고, 그들은 서로에 대한 사랑을 잃지 않는다. 이 사랑은 결코 일시적이거나 뜨거운 감정의 형태가 아니라, 오랜 시간 속에서 차곡차곡 쌓아온 신뢰와 존중의 산물이라는 점에서 감동적으로 그려냈다.

둘째로, "자연과 사랑의 연계성"이 작품 전체를 통해 부각된다. 계절의 변화를 따라가며 두 사람의 삶을 묘사하는 방식은 자연의 순환과 인간의 삶, 그리고 사랑의 연속성을 강조하는 효과를 준다. 봄에 꽃이 피고 겨울이 지나가듯, 두 사람의 사랑도 삶의 사계절을 함께 겪으며 더욱 깊어지고 완성되어 간다. 특히 "우리의 사랑은 이 꽃들처럼 매년 다시 피어나고, 변하지 않는다"는 묘사는 자연의 섭리와 사랑의 변치 않는 가치를 효과적으로 연결하며, 사랑의 영속성을 시적으로 전달했다.

셋째로, 인생의 마무리와 이별에 대한 담담한 태도가 인상 깊다. 박 할아버지가 세상을 떠나는 장면에서, 두 사람은 슬픔 속에서도 서로에 대한 깊은 이해와 존중을 바탕으로 이별을 받아들인다. 이 장면은 죽음이라는 불가피한 현실을 단순히 슬픔으로 묘사하기보다, 그 안에 담긴 평온함과 만족감을 더 강조하고 있다. 그들이 나눈 사랑이 박 할아버지의 마지막 순간까지 이어지며, 그 사랑이 두 사람을 영원히 연결짓는다는 점은 독자에게 잔잔하면서도 깊은 감동을 선사했다.

이 이야기는 세월이 흘러도 변치 않는 사랑의 힘과 일상의 소중함을 감동적으로 그려낸 작품이다. 자연의 순환과 사랑을 연결짓는 서정적인 묘사, 그리고 이별 앞에서도 흔들리지 않는 두 사람의 애정은 독자에게 사랑의 본질에 대해 다시금 생각해보게 한다.

비록 현실의 관계와는 조금 거리가 있을지 모르지만, 이 작품이 선사하는 감동과 여운은 삶과 사랑의 진정한 가치를 일깨워주는 데 충분할 것으로 본다. 이 노년의 사랑이 어쩌면 우리의 삶이 아닌가 싶다.

2024년 11월
원평/서인석 작가

1

한적한 시골 마을, 오래된 대문이 삐걱이며 열렸다. 대문을 밀고 들어온 이는 김 할머니였다. 손에 들린 장바구니엔 채소 몇 가지와 빵 한 덩이가 담겨 있었다. 마을에서 유일하게 남은 작은 상점에서 사 온 것들이다. 무겁지 않은 장바구니를 두 손으로 꼭 쥔 그녀는 천천히 집으로 들어갔다.

김 할머니는 올해로 82세였다. 그녀의 주름진 얼굴에는 세월이 고스란히 담겨 있었지만, 그녀의 눈빛은 여전히 생동감이 넘쳤다. 세월이 지나며 아내로서, 어머니로서, 그리고 할머니로서 살아온 긴 여정을 떠올릴 때마다 마음 한구석에 따뜻한 기억들이 자리 잡고 있었다.

김 할머니는 남편을 10년 전에 떠나보냈다. 그날 이후로 홀로 지내왔지만, 외로움보다는 남편과의 추억을 더 많이 떠올렸다. 그와 함께했던 매일매일은 그리움이었지만, 동시에 감사였다.

남편이 떠난 뒤에도 그녀는 스스로 농사를 짓고, 이웃들과 지내며 평온한 삶을 이어가고 있었다.

작은 마당의 의자에 앉아 손주가 보내준 스마트폰을 꺼내 들었다. 비록 손이 떨리긴 하지만, 손주들과의 영상통화는 그녀의 일상에서 중요한 즐거움 중 하나였다. 화면 너머에서 손주들이 떠드는 소리가 들리면, 그녀는 자연스레 웃음을 지었다. 아이들의 밝은 목소리는 그녀에게 삶의 활력을 불어넣어 주었다.

그러던 어느 날, 마을에서 조그마한 행사 소식이 들려왔다. 마을 사람들과 함께 손수 만든 음식을 나누고, 노래도 부르며 즐기는 작은 축제였다. 김 할머니는 평소엔 소박하게 지내는 걸 좋아했지만, 이날 만큼은 모처럼 나가볼 생각을 했다. 새로 산 꽃무늬 원피스를 꺼내 입고, 허리춤에 예쁜 스카프를 둘렀다.

행사에 도착하니 오래된 친구들이 하나둘 모여 있었다. 그들과 함께 웃고 떠들며 김 할머니는 세월이 흘러도 변치 않는 우정을 느꼈다. 서로의 삶을 나누고, 농담을 주고받는 그 순간만큼은 젊은 시절로 돌아간 듯했다. 행사 마지막 즈음, 누군가 기타를 꺼내 들고 노래를 부르기 시작했다. 김 할머니는 그 멜로디에 몸을 맡기며 눈을 감았다.

"노년의 삶이 이렇게 아름다울 줄은 몰랐어," 김 할머니는 속으로 중얼거렸다. 젊은 시절에는 몰랐던 것들, 사랑, 우정, 그리고 삶의 소중함이 이제야 더 깊게 다가왔다. 그녀는 흐뭇한 미소를 지으며 남은 날들도 충분히 아름답게 채워갈 것을 다짐했다.

김 할머니는 행사 후 집으로 돌아와 침대에 누워 가만히 그날의 여운을 곱씹었다. 축제에서 만난 친구들과 나눈 대화들이 마음속에서 잔잔하게 울렸다. 오래된 친구들의 얼굴을 떠올리자, 그 중에서 가장 친했던 박 할아버지가 유독 생각났다. 그도 이제 홀로 남아 조용한 집에서 지내고 있었다.

김 할머니는 어느새 잠에 들었고, 꿈속에서 젊은 시절의 마을을 걷고 있었다. 마을에는 이제는 세상을 떠난 이웃들이 모두 모여 있었다. 그들이 마치 어제 만난 것처럼 자연스럽게 인사를 건네며, 웃음소리가 끊이지 않았다. 그들의 얼굴에는 행복한 표정이 가득했다. 꿈에서 깨어난 김 할머니는 오래된 기억 속 인물들이 그리워지면서도, 이젠 그들과의 재회가 두렵지 않다는 것을 깨달았다.

며칠 후, 박 할아버지에게서 전화가 왔다. 박 할아버지는 김 할머니와 대화를 나누고 싶다며 차 한 잔을 함께 하자는 제안을 했다.

오랜만에 그를 만날 생각에 김 할머니는 마음이 설렜다. 둘은 마을을 함께 산책하며, 그동안 쌓였던 이야기를 풀어놓았다. 서로의 가족 이야기, 건강 상태, 그리고 남은 시간에 대한 생각을 나누는 동안, 둘 사이에는 묘한 친밀감이 흘렀다. 그동안 바쁘게 살아오느라 잊고 있었던, 서로에게 기댈 수 있는 친구가 있다는 사실이 큰 위로가 되었다.

산책을 마치고 집으로 돌아가는 길, 박 할아버지가 살며시 물었다.

"우리, 좀 더 자주 만나서 차도 마시고 얘기도 나눌 수 있을까요? 혼자 지내는 시간이 길어지니, 나도 외롭다는 생각이 들더군요."

김 할머니는 잠시 웃음을 지으며 대답했다.
"그래요. 혼자 지내는 시간도 좋지만, 가끔은 이렇게 함께하는 시간이 더 소중하게 느껴지네요."

그날 이후, 김 할머니와 박 할아버지는 자주 함께 시간을 보냈다. 차를 마시며 옛날이야기를 나누고, 때로는 근처 산책로를 걸으며 조용한 대화를 나누었다. 그들의 일상은 크고 화려하지 않았지만, 서로에게 의지하며 나눌 수 있는 시간이 그들에게는 큰 기쁨이었다.

함께 웃고, 때로는 조용히 앉아있는 것만으로도 노년의 삶은 더없이 풍요로웠다.

어느날 박 할아버지가 불쑥 말했다.
"할머니, 난 요즘 문득문득 삶이 참 고맙게 느껴져요. 젊을 때는 그저 바쁘게 살아가느라 여유를 못 느꼈는데, 이제는 이렇게 작은 순간들이 소중하고 값지게 느껴지네요."

김 할머니도 고개를 끄덕였다.

"맞아요. 아마 젊었을 때는 몰랐던 것들이 이제야 보이는 것 같아요. 지금, 이 순간이 정말 감사하죠."

그렇게 시간이 흘러, 계절은 다시 가을이 되었다. 낙엽이 떨어지고 마을은 차분해졌지만, 김 할머니의 마음에는 따뜻한 온기가 남아 있었다.

이제 그녀는 노년의 삶을 더는 외롭다고 느끼지 않았다. 그녀의 삶에는 여전히 많은 소중한 것들이 있었고, 앞으로도 그것들을 즐기며 살아갈 수 있는 시간이 충분하다는 확신이 생겼다.

김 할머니는 그날 밤 창가에 앉아 하늘을 올려다보며 다시 한번 생각했다.

'노년의 삶은 정말 아름답다. 세월이 흘러도, 마음은 여전히 젊고 따뜻하니까.'

이제 그녀에게 남은 시간은 축복이었고, 그 시간을 사랑하는 이들과 함께 나누는 일이야말로 가장 큰 행복이라는 것을 깨달은 순간이었다.

그리고 그 행복은, 아주 오랫동안 그녀의 곁을 지켜줄 것임을 김 할머니는 확신했다.

시간은 여전히 천천히 흐르고 있었다. 어느덧 겨울이 찾아왔고, 김 할머니는 이른 아침부터 마당을 쓸며 첫눈을 맞이했다. 하얗게 쌓이는 눈을 바라보며, 어린 시절 눈싸움하던 기억부터 자녀들이 어릴 적 함께 눈사람을 만들던 추억까지 스쳐 지나갔다. 시간이 흘렀지만, 그 기억들은 여전히 선명하게 그녀의 마음속에 남아 있었다.

그날 저녁, 김 할머니는 박 할아버지와 저녁 식사를 함께하기로 했다. 두 사람은 이제 거의 매일 만나는 사이가 되었다. 서로에게 말하지는 않았지만, 매일 만나 차를 마시고, 이야기를 나누는 시간이 두 사람에게 큰 위로와 기쁨이 되어 있었다. 그날도 어김없이 둘은 따뜻한 국물에 밥을 함께 나누며 지난 시간들을 회상했다.

"할머니, 기억나세요? 예전에 마을에서 새해맞이 대잔치를 열던 거," 박 할아버지가 웃으며 물었다.

"그럼요, 어떻게 잊겠어요. 그땐 마을 사람들이 다 나와서 같이 춤도 추고, 노래도 부르곤 했죠. 젊을 때는 그런 것들이 참 소중하다는 걸 잘 몰랐던 것 같아요."

김 할머니의 말에 박 할아버지는 잠시 생각에 잠겼다.

"맞아요. 그땐 그저 다들 바쁘게 살았으니까요. 그래도 이젠 우리가 이렇게 천천히, 충분히 살아갈 수 있는 시간이 생긴 거잖아요."

그들의 대화는 자연스럽게 흘러갔다. 박 할아버지는 최근에 읽은 책 이야기를 꺼내며 철학적인 주제를 던지기도 했고, 김 할머니는 젊은 시절 남편과 여행했던 이야기를 들려주며 함께 웃기도 했다. 서로의 이야기를 나누는 시간이 이어질수록, 두 사람은 더 깊은 유대감을 느끼게 되었다.

얼마 후, 마을에서는 다가오는 새해를 맞아 작은 모임을 열기로 했다. 김 할머니와 박 할아버지는 자연스럽게 그 모임에 함께 가기로 했다.

두 사람은 오랜만에 새해맞이 준비를 하며 마을 사람들과 어울릴 생각에 마음이 설렜다. 젊었을 때처럼 화려한 잔치는 아니었지만, 이웃들과 함께 나누는 시간이 그들에게는 무엇보다 소중했다.

2

새해가 밝은 날, 마을 회관에서는 작지만 따뜻한 잔치가 열렸다. 둘은 마을 사람들과 웃으며 이야기하고, 간단한 음식을 나누며 즐거운 시간을 보냈다. 그날의 추억은 오랫동안 두 사람의 마음속에 남아, 함께 나눈 시간이 얼마나 소중한지 새삼 느끼게 해주었다.

그날 밤, 집으로 돌아온 김 할머니는 따뜻한 차를 마시며 박 할아버지와 함께했던 시간을 떠올렸다. 이제 더이상 그녀의 삶에는 외로움이 자리하지 않았다. 그 대신, 남은 날들에 대한 기대감과 감사함이 차오르고 있었다. 자신을 둘러싼 사람들, 그리고 그들과 나누는 작은 순간들이 모두 다 선물처럼 느껴졌다.

며칠 뒤, 김 할머니는 다시 한번 박 할아버지와 산책을 나섰다. 차가운 겨울 공기가 얼굴을 스치며 두 사람을 감쌌지만, 그 안에서 느껴지는 따뜻함은 더 컸다.

"할머니, 우리가 이렇게 함께 나이 들어가는 게 참 고맙네요." 박 할아버지가 조용히 말했다.

"그래요. 혼자라면 지금처럼 웃으며 살기는 어려웠을 거예요. 함께여서 더 감사하죠," 김 할머니도 미소를 지으며 대답했다.

그렇게 두 사람은 서로에게 기대며 하루하루를 보냈다. 겨울이 지나고, 다시 봄이 찾아오면 둘은 함께 꽃이 피는 마을을 걸으며 또 다른 이야기를 나누겠지. 삶은 여전히 느리지만, 그 안에는 따뜻함과 감사가 가득했다. 노년의 삶이 이렇게도 풍요롭고 아름다울 수 있다는 사실을 김 할머니는 매일 깨닫고 있었다.

그리고 그렇게, 그녀는 남은 시간 속에서 계속해서 새로운 추억을 쌓아가며 살아갈 것이었다.

봄이 오고 있었다. 김 할머니는 작은 화분에 꽃을 심기 시작했다. 매년 이맘때가 되면 그녀는 마당을 가꾸며 새싹이 돋아나는 모습을 바라보곤 했다. 봄은 그녀에게 늘 새로운 시작을 알리는 계절이었다. 남편과 함께 농사를 짓고 꽃을 심던 시절이 떠오르기도 했지만, 그 기억은 이제 더 이상 슬픔이 아닌 따뜻한 추억으로 자리 잡고 있었다.

박 할아버지도 자주 김 할머니의 마당을 찾아왔다. 두 사람은 작은 마당을 함께 가꾸며 시간을 보냈다. 김 할머니가 꽃을 심으면 박 할아버지는 그 옆에서 잡초를 뽑고, 서로 농담을 주고받았다. 그들은 마치 오랜 친구처럼 자연스럽게 어울렸고, 서로의 존재가 큰 위안이 되었다.

어느 날, 박 할아버지가 김 할머니에게 특별한 제안을 했다. "할머니, 우리 이번 봄에 한 번 여행을 다녀오는 게 어때요? 가까운 곳이라도 좋아요. 우리가 늘 걸어 다니던 이 마을을 잠시 벗어나 다른 곳의 봄을 보고 싶어요."

김 할머니는 잠시 생각하다가 미소를 지으며 대답 했다. "여행이라...좋지요. 젊었을 때는 여기저기 다녔지만, 요즘엔 그런 생각을 못 했네요. 어디로 가면 좋을까요?"

박 할아버지는 오래전부터 가보고 싶었던 바다 마을 이야기를 꺼냈다. "내가 어릴 때 부모님과 함께 갔던 작은 어촌 마을이 있어요. 그곳에서 봄의 바람을 맞으며 바닷가를 걸으면 참 좋을 것 같아요."

그렇게 두 사람은 오랜만에 여행 계획을 세우기 시작했다.

작은 배낭에 필요한 것들을 챙기고, 마을 이웃들에게 며칠 간 자리를 비운다는 인사도 나누었다. 손주들에게는 "할머니가 여행을 간다"며 짧은 문자 메시지를 보내고, 두 사람은 기차를 타고 바다 마을로 향했다.

기차는 천천히 시골 풍경을 지나쳤다. 창밖으로는 푸른 들판과 개울이 보였고, 두 사람은 그 풍경을 바라보며 조용히 이야기를 나눴다. 박 할아버지가 먼저 입을 열었다. "할머니, 이렇게 떠나는 게 참 좋네요. 우리가 아직 이렇게 새롭고 즐거운 일을 할 수 있다는 게." 김 할머니도 고개를 끄덕였다. "맞아요. 나이가 들수록 뭔가 새롭게 한다는 게 어려워진다고 생각했는데, 그게 아니었네요. 이 순간들이 참 소중해요."

바다 마을에 도착했을 때, 두 사람은 한적한 해변을 천천히 걸었다. 바람이 시원하게 불어왔고, 저 멀리서 파도가 잔잔하게 밀려왔다. 그 풍경을 바라보며 김 할머니는 오래전 남편과 함께했던 바닷가 여행을 떠올렸다. 그러나 이번 여행은 또 다른 특별함이 있었다. 그때와는 다른 사람, 다른 시기, 다른 마음으로 맞이하는 바다였다.

두 사람은 작은 어촌 마을의 낡은 찻집에 들어가 따뜻한 차를 마셨다. 창밖으로 보이는 바다는 여전히 푸르고, 그들은 조용히 차를 마시며 서로의 존재를 다시 한번 느꼈다. 말없이 차를 마시는 시간 속에서도 두 사람의 마음은 충분히 통하고 있었다.

박 할아버지가 잠시 후, 깊은 숨을 내쉬며 말했다. "할머니, 우리가 이렇게 늙어서도 함께 할 수 있어서 정말 다행이에요. 혼자였다면 이런 여행도, 이런 풍경도 아마 보지 못했을 거예요."

김 할머니도 조용히 웃으며 대답했다. "그러게요. 혼자였으면 이런 마음을 느낄 수 없었을 거예요. 당신과 함께 있어서 이런 작은 순간들이 더 특별해지는 것 같아요."

그날 밤, 두 사람은 해변 가까운 작은 숙소에서 하룻밤을 보냈다. 바닷바람이 창문 너머로 불어오고, 파도 소리가 귓가에 잔잔히 울렸다. 김 할머니는 박 할아버지와 함께한 시간들을 떠올리며 마음 깊이 감사함을 느꼈다. 노년의 삶은 예전과는 다른 방식으로 아름다웠다. 젊었을 때는 알지 못했던 소소한 기쁨과 고요한 행복이 그녀의 삶을 채우고 있었다.

다음 날 아침, 두 사람은 떠오르는 해를 보며 다시 기차를 타고 집으로 돌아왔다. 여행에서 돌아온 그들의 일상은 예전과 다르지 않았지만, 마음속에는 더 깊은 평화와 감사가 자리하고 있었다. 이제 그들에게 남은 시간은 길지 않을지도 모르지만, 그들은 그 시간이 충분히 아름답고 의미 있음을 알고 있었다.

김 할머니는 마당에서 다시 한번 피어오르는 꽃을 바라보며 생각했다.

'노년의 삶은 여전히, 그리고 앞으로도, 이렇게 아름다울 거야. 함께하는 사람이 있다면, 그 어떤 순간도 충분히 값지고 소중하니까.'

그리고 그렇게, 그녀의 마음에는 여전히 봄날의 따뜻한, 햇살이 가득했다.

3

　이후 두 사람은 점차 가까워지기 시작했다. 매주 토요일마다 마을 근처의 카페에서 만나 차를 마시며 이야기하는 시간이 이어졌다. 그들의 대화는 점점 깊어지고, 서로의 삶을 공유하며 서로에게 의지하게 되었다. 김 할머니는 박 할아버지의 유머에 매료되었고, 박 할아버지는 김 할머니의 따뜻한 마음에 끌렸다.

　또 봄이 오고 꽃이 만발할 무렵, 박 할아버지는 김 할머니하고 여행을 떠났다. "이번에는 우리 함께 시골의 아름다운 곳들을 돌아다녀 볼까요?" 김 할머니는 고개를 끄덕이며, 두 사람은 함께 여행을 계획했다. 첫 번째 목적지는 근처의 벚꽃이 만개한 공원이었다. 공원에 도착하자 그들은 꽃길을 걸으며 서로의 손을 잡았다. 바람에 실려 오는 꽃향기와 함께, 그들의 마음은 더욱 가까워졌다.

　여행은 그들의 삶에 새로운 의미를 불어넣었다. 매주 새로운 장소를 탐방하며 즐거운 시간을 보냈고,

각지의 맛있는 음식도 함께 나누어 먹었다. 김 할머니는 박 할아버지가 제안한 맛집에서 낙지 볶음을 맛보며 "이런 맛있는 걸 왜 이제야 알게 되었을까?"라고 말했다. 박 할아버지는 "나도 그랬어. 당신과 함께 하니 모든 게 다 특별해."라며 웃었다.

그들은 산과 들을 넘나들며 자연의 아름다움에 감탄하고, 때로는 소박한 민속 축제에도 참석했다. 그곳에서 만난 사람들과의 대화 속에서 그들은 젊은 시절의 꿈을 다시 떠올리며, 서로의 존재가 얼마나 소중한지를 깨달았다.

여행이 계속될수록 두 사람의 사랑은 더욱 깊어졌고, 그들은 서로의 삶에 없어서는 안 될 존재가 되었다. 어느 날, 박 할아버지는 한적한 호수 근처에서 김 할머니에게 조심스럽게 말했다. "김 할머니, 저와 함께 늙어가실래요?" 김 할머니는 눈시울을 붉히며 고개를 끄덕였다. "네, 할아버지. 당신과 함께라면 어디든 좋습니다."

그렇게 두 사람은 사랑의 꽃을 피우며 노년의 행복을 만끽했다. 그들의 여행은 단순한 이동이 아닌 서로의 마음을 확인하고, 삶의 의미를 찾는 여정이었다. 이제 그들은 함께한 시간만큼 서로를 더욱 사랑하게 되었고, 각자의 꿈과 이야기를 나누며 행복한 노후를 보내고 있었다.

사랑은 나이를 초월하는 힘이 있다는 것을 그들은 매일매일 느끼며, 그렇게 김 할머니와 박 할아버지는 아름다운 노년을 즐겁게 이어갔다.

여름의 햇살이 가득한 어느 날, 김 할머니와 박 할아버지는 다시 한번 여행을 떠나기로 마음먹었다. 지난번 바다 마을에서의 경험이 두 사람에게 큰 기쁨을 안겨주었기에, 이번에는 더 많은 추억을 쌓기 위해 산으로 향하기로 했다. 그들은 작은 배낭을 메고, 즐거운 마음으로 준비를 시작했다.

"할머니, 이번에는 어떤 음식을 챙길까요?" 박 할아버지가 물었다.

"우리의 가장 좋아하는 김밥과 차가운 수박이 좋겠어요. 그리고 꼭 간단한 간식도 챙기자고요," 김 할머니가 웃으며 대답했다.

그렇게 두 사람은 또 한 번의 여정을 위해 손수 음식을 준비하고, 필요한 것들을 정리했다. 마을 이웃들과는 다시 한번 자리를 비운다는 인사를 나누고, 이번에는 차를 타고 산으로 향했다.

차가 산길을 오르자, 고요한 자연의 소리가 두 사람을 반겼다. 바람에 흔들리는 나뭇잎 소리, 멀리서 들리는 새소리는 그들 마음속에 평화로운 감정을 더 했다. 도착한 산 중턱에서 두 사람은 숨을 고르며 넓은 풍경을 바라보았다. 푸른 산과 그 사이로 흐르는 시냇물, 그리고 하늘을 가득 메운 구름은 그들에게 새롭고도 특별한 감동을 안겨주었다.

"정말 아름답네요, 할머니. 우리가 이렇게 함께할 수 있어서 얼마나 행복한지 모르겠어요," 박 할아버지가 말했다.

김 할머니는 고개를 끄덕이며, "그렇죠. 이 순간을 함께 할 수 있다는 것만으로도 정말 소중해요. 오래된 풍경이지만, 당신과 함께라서 더 특별하게 느껴져요," 라고 답했다.

그들은 조용히 앉아 점심으로 준비한 김밥을 나누어 먹었다. 따뜻한 햇살 아래서, 맛있게 먹는 동안 서로의 웃음소리가 산속에 울려 퍼졌다. 식사를 마친 후, 두 사람은 그늘 아래 나란히 앉아 차를 마시며 여행의 기쁨을 만끽했다.

"할머니, 제가 평생을 사랑할 사람은 바로 당신이에요.

이렇게 나이가 들어도, 함께 할 수 있는 것만으로도 충분히 행복해요," 박 할아버지가 진심으로 말했다.

김 할머니는 그 말을 듣고 고개를 숙이며 눈시울이 붉어졌다. "저도 마찬가지예요. 당신과 함께하는 모든 순간이 제 인생의 가장 소중한 시간이랍니다."

해가 지고, 바람이 살랑이는 저녁, 두 사람은 밤하늘을 바라보았다. 별빛이 반짝이는 그 밤, 두 사람의 마음속에는 서로에 대한 사랑과 고마움이 더욱 깊어져 갔다.

"이렇게 별을 보니, 예전 우리 처음 만났던 날이 생각나요," 김 할머니가 말했다.

"그래요. 그때도 별이 이렇게 아름다웠죠. 그때의 우리처럼 지금도 변하지 않는 것 같아요," 박 할아버지가 웃으며 대답했다.

다음 날 아침, 두 사람은 일찍 일어나 해가 뜨는 모습을 함께 보았다. 따뜻한 햇살이 산을 밝히고, 그들은 서로의 손을 꼭 잡고 조용히 그 순간을 만끽했다. 여행이 끝나고 집으로 돌아가는 길에, 두 사람은 서로의 눈을 바라보며 깊은 고요함 속에서 사랑의 힘을 느꼈다.

집에 도착한 후, 일상으로 돌아왔지만 그들의 마음속에는 여행의 여운이 남아 있었다. 서로의 존재가 그들에게 얼마나 큰 힘이 되는지를 다시 한번 깨닫고, 매일매일을 소중하게 여기기로 다짐했다.

김 할머니는 마당의 꽃들이 다시 피어나는 모습을 보며, "이 꽃들처럼 우리도 계속해서 사랑을 키워나가면 좋겠어요."라고 말했다.

"그렇죠. 꽃이 피어나듯이, 우리도 이렇게 계속해서 사랑을 피워 나가야죠," 박 할아버지가 따뜻한 미소를 지으며 대답했다.

그렇게 두 사람은 사랑의 이야기를 이어갔다. 매일매일 작은 여행을 통해 서로를 더욱 깊이 이해하고, 노년의 아름다움을 만끽하며, 언제나 함께하는 일상이 가져다주는 행복을 감사하게 여기며 살아갔다.

김 할머니는 다시 한번 꽃을 바라보며 생각했다. '우리의 사랑은 이렇게 계속해서 꽃 피어나겠지. 어떤 순간에도 당신과 함께라면, 매일 매일이 아름다울 거야.'

그 후로도 김 할머니와 박 할아버지는 작은 여행들을 이어갔다. 계절이 바뀌고, 세월이 흘러도 두 사람의 마음은 변하지 않았다.

이번에는 가을의 선선한 바람이 불어오던 어느 날, 두 사람은 근처 마을의 단풍 축제를 찾아가기로 했다.

"가을이 되면 단풍 구경이 빠질 수 없죠," 박 할아버지가 준비를 하며 말했다.

"맞아요. 예전에는 아이들이랑 같이 오곤 했는데, 이제는 둘이서 오니 더 특별하게 느껴져요," 김 할머니가 대답했다.

두 사람은 단풍이 물든 산길을 천천히 걸었다. 바람에 흩날리는 낙엽 소리, 발끝에 쌓여가는 노란 잎들이 두 사람을 환영하듯 나풀거렸다. 그들은 나란히 걷다가 잠시 벤치에 앉아 호흡을 고르며 하늘을 바라보았다.

"할아버지, 가을 하늘은 정말 높고 푸르네요. 매번 새로운 계절이 찾아올 때마다, 그 변화가 참 경이로워요," 김 할머니가 말하며 고개를 들어 파란 하늘을 가리켰다.

"그러게 말이에요. 계절은 이렇게 변해도, 우리는 늘 함께 있네요. 그게 참 감사해요," 박 할아버지가 미소를 지으며 대답했다.

벤치에 앉아 따뜻한 차 한 잔을 나누며, 그들은 다시 한번 서로의 손을 꼭 잡았다.

그 순간, 서로의 손끝에서 느껴지는 온기는 수십 년 동안 함께한 세월이 주는 따뜻함이었다. 말하지 않아도, 서로의 마음을 깊이 이해할 수 있는 순간들이 두 사람에게는 늘 그랬다.

잠시 후, 그들은 단풍 축제의 중심으로 향했다. 마을 사람들은 전통 옷을 입고 다양한 공연과 음식을 준비해 놓았다. 두 사람은 손을 잡고 구경을 하며 천천히 마을을 돌아다녔다. 김 할머니는 오래전의 기억이 떠오르듯 활짝 웃으며 말했다.

"예전에 아이들이랑 이렇게 축제에 오면 저마다 고집을 피우곤 했잖아요. 무슨 장난감을 사달라고, 무슨 음식을 먹고 싶다고."

박 할아버지도 그 말을 듣고 웃음을 터뜨렸다. "맞아요. 그때는 정신이 없었지만, 돌아보면 그리운 시간이죠. 이제는 둘이서 조용히 즐길 수 있어서 또 다른 느낌이네요."

축제에서 두 사람은 떡볶이, 붕어빵 같은 간식을 먹으며 즐거운 시간을 보냈다. 김 할머니는 그날 산에서 내려오는 길, 해가 지는 노을을 보며 말했다.

"할아버지, 이런 순간들이 쌓여서 우리가 지금까지 함께할 수 있었던 것 같아요. 매일매일 소소한 일상 속에서 기쁨을 찾는 것이 참 중요한 것 같아요."

"그래요, 할머니. 우리에게 남은 시간도 이렇게 소중히, 함께 보냅시다. 늘 그랬듯이 말이죠."

집에 돌아온 후, 김 할머니는 가만히 창밖을 내다보았다. 어느덧 차가운 바람이 불기 시작했고, 겨울이 성큼 다가오고 있었다. 마당의 꽃들은 시들어갔지만, 그 속에서 내년 봄을 준비하는 새싹이 숨어 있는 것을 김 할머니는 알고 있었다. 마치 그들의 사랑처럼, 계절이 바뀌어도 항상 새롭게 피어나는. 그날 밤, 박 할아버지는 잠들기 전 김 할머니에게 조용히 속삭였다.

"할머니, 우리는 앞으로도 계속 함께할 거예요. 변함없이."

김 할머니는 그 말에 살며시 웃으며 대답했다.

"당연하죠. 우리는 언제나 함께할 거예요. 이 모든 계절을 지나서도."

그렇게 두 사람은 또 하루를 함께 마무리하며 서로의 따뜻함 속에서 평온한 밤을 맞이했다. 세상은 계속해서 변하고, 시간이 흘러가지만 그들의 사랑은 변함없이 계속 이어져 나갔다.

작은 순간 속에서, 그들은 매일매일 새로운 행복을 발견하며 서로를 더욱 깊이 사랑하게 되었다.

그리고 그날 밤, 김 할머니는 잠들기 전 다시 한번 생각했다. '우리의 사랑은 어떤 계절 속에서도 계속 피어날 거야.'

4

겨울이 찾아오면서 두 사람의 일상도 조금씩 달라졌다. 아침이면 서리가 내리고, 마당의 나무들은 모두 앙상한 가지를 드러냈다. 김 할머니는 따뜻한 코트를 걸치고 창밖을 바라보며 말했다.

"이제 겨울이네요, 할아버지. 추운 계절이 오면 더 서로에게 의지하게 되는 것 같아요."

박 할아버지는 미소를 지으며 옆에서 차를 준비했다. "그렇죠, 할머니. 겨울이 되면 우리는 더 가까이서 서로의 온기를 나눌 수 있으니, 그 나름대로 또 좋은 점이 있어요."

두 사람은 거실에서 따뜻한 차를 마시며, 창밖으로 내리는 첫눈을 조용히 바라보았다. 눈송이가 하나둘씩 창가를 덮기 시작했고, 온 세상이 하얗게 변해갔다. 그 장면은 마치 시간이 멈춘 듯, 고요하고 평화로웠다.

"첫눈이 이렇게 아름다웠던가요?" 김 할머니가 조용히 속삭이듯 물었다.

"매년 봐도 새로워요. 하지만 할머니와 함께 보니까 더 특별해요," 박 할아버지가 따뜻하게 대답했다.

그날 저녁, 두 사람은 손을 잡고 마을의 겨울 축제에 다녀오기로 했다. 축제장은 크리스마스를 앞두고 반짝이는 전구들로 가득했다. 추운 겨울밤에도 사람들은 행복한 표정으로 가족과 친구, 연인과 함께 시간을 보내고 있었다.

"할머니, 우리도 이런 축제에 함께 온 게 몇 번째인가요?" 박 할아버지가 물었다.

김 할머니는 잠시 생각하더니, "글쎄요, 정말 셀 수 없을 만큼 많이 왔던 것 같아요. 하지만 이번 축제도 역시 처음처럼 설레네요."

두 사람은 천천히 축제장을 돌아다니며 어릴 적 자주 먹었던 군고구마를 하나씩 손에 쥐었다. 뜨거운 고구마를 반으로 나누어 먹으며, 그들은 서로에게 웃음을 지었다.

"추억의 맛이네요, 할머니."

"그러게요. 이렇게 작은 것들 속에 우리 추억이 담겨 있네요."

축제장을 돌아본 후, 두 사람은 집으로 돌아오는 길에 눈이 쌓인 산책로를 천천히 걸었다. 하얀 눈이 밤을 환하게 비추고, 달빛은 그 길을 더 아름답게 만들었다. 바람에 흔들리는 나무들 사이로 들리는 소리는 그들 마음속 평온을 더해 주었다.

집에 도착한 후, 박 할아버지는 벽난로 앞에서 나무를 태우며 방을 따뜻하게 만들었다. 김 할머니는 그 곁에 앉아 책을 펼쳤다. 한참을 책을 읽다가, 김 할머니는 문득 생각난 듯 말했다.

"할아버지, 우리가 처음 만났을 때 당신이 저에게 읽어주던 그 시가 기억나요?"

박 할아버지는 고개를 끄덕이며 말했다. "당연히 기억하죠. 그 시는 언제 들어도 마음에 남아요. 지금도 그때의 설렘이 떠오르네요."

김 할머니는 책을 덮고 박 할아버지에게 더 가까이 다가가 앉았다. 두 사람은 벽난로의 불빛을 바라보며 조용히 시간을 보냈다. 말없이도 서로의 마음이 통하는 순간들이 그들에게는 너무도 소중했다.

다음 날 아침, 두 사람은 눈 내린 마당을 정리하기 위해 나섰다. 마당 곳곳에는 하얀 눈이 쌓여 있었고, 그 속에서 작은 새들이 날아다니며 찬란한 겨울의 풍경을 만들어냈다. 김 할머니는 마당 한쪽에서 꽃들이 잠들어 있는 자리를 바라보았다.

"내년 봄이 오면 이 꽃들도 다시 피어나겠죠, 할아버지?"

"그럼요, 할머니. 겨울이 아무리 길어도 봄은 반드시 오니까요. 우리도 마찬가지죠. 추운 겨울을 함께 보내면, 다시 따뜻한 날이 찾아올 거예요."

김 할머니는 박 할아버지의 말에 따뜻한 미소를 지으며 고개를 끄덕였다. 그리고 그들은 서로의 손을 꼭 잡고 집으로 돌아왔다. 겨울의 차가움 속에서도 두 사람의 마음은 여전히 따뜻하게 타오르고 있었다.

시간은 흐르고 계절은 변해도, 김 할머니와 박 할아버지의 사랑은 변하지 않았다. 서로를 지켜주는 존재로, 함께 걸어가는 길 위에서 두 사람은 여전히 새로운 추억을 쌓아가며 노년의 삶을 평온하고 아름답게 그려나갔다.

그렇게 김 할머니와 박 할아버지는 평화롭고 따뜻한 겨울을 보냈다. 어느새 겨울이 끝나고, 다시 봄이 찾아왔다. 마당의 꽃들이 하나둘씩 피어나고, 공기는 상쾌해졌다. 두 사람은 아침마다 함께 산책을 나가며 피어나는 꽃들을 구경하고, 새싹이 돋아나는 모습을 보며 계절의 변화를 만끽했다.

"할머니, 봄이 오니까. 마음도 가볍고 기분이 좋아져요. 새해가 시작된 것 같고, 뭔가 새로운 기운이 느껴져요," 박 할아버지가 밝은 목소리로 말했다.

김 할머니는 그 말을 듣고 환하게 웃으며 대답했다. "맞아요, 할아버지. 봄은 늘 새롭게 시작하는 느낌이 들죠. 이렇게 꽃들이 다시 피어나는 걸 보면 우리도 새로운 마음가짐을 가지게 되는 것 같아요."

어느 날, 두 사람은 마을에서 열리는 봄 축제에 가기로 했다. 이 축제는 매년 열리는 큰 행사로, 마을 사람들이 모두 모여 다양한 음식을 나누고, 춤과 음악을 즐기는 자리였다. 두 사람은 그동안 만들어 놓은 수제 잼과 김치를 가져가서 이웃들과 나누기로 했다.

"할머니, 우리가 준비한 것들이 마을 사람들에게 좋은 추억이 되겠죠?" 박 할아버지가 설레는 듯 물었다.

"당연하죠. 우리가 사랑으로 만든 음식이니 모두들 좋아할 거예요," 김 할머니가 자신 있게 대답했다.

축제는 활기차고 즐거운 분위기였다. 마을 사람들은 저마다 준비한 음식을 나누며 환하게 웃었고, 아이들은 뛰어다니며 놀고 있었다. 박 할아버지와 김 할머니는 여러 이웃들과 인사를 나누며 그들의 음식을 나누어 주었다. 사람들이 따뜻하게 고마움을 표하자, 두 사람은 흐뭇한 미소를 지었다.

축제가 한창 무르익을 무렵, 무대에서는 전통 춤과 노래가 시작되었다. 사람들은 손을 잡고 원을 그리며 춤을 추기 시작했다. 김 할머니와 박 할아버지도 그들 사이에 자연스럽게 섞여 춤을 추며 즐거운 시간을 보냈다. 오랜만에 몸을 움직이면서도, 두 사람은 여전히 유쾌하게 서로를 바라보며 웃음을 터뜨렸다.

"할아버지, 우리가 젊었을 때도 이렇게 춤을 추곤 했었죠," 김 할머니가 추억에 잠겨 말했다.

"맞아요, 할머니. 그때는 밤새 춤을 춰도 지치지 않았는데, 지금은 조금 힘이 드네요," 박 할아버지가 웃으며 대답했다.

"그래도 우리는 아직 잘 해내고 있어요. 나이가 들어도 이렇게 함께할 수 있다는 게 정말 큰 행복이에요," 김 할머니가 손을 꼭 잡으며 말했다.

박 할아버지는 고개를 끄덕이며 따뜻한 눈빛으로 김 할머니를 바라보았다. 그들의 춤은 세월이 흐르면서도 변치 않는 서로의 사랑을 담고 있었다.

축제가 끝난 후, 두 사람은 다시 손을 잡고 집으로 돌아가는 길에 올랐다. 해가 뉘엿뉘엿 지고 있었고, 붉은 노을이 그들의 앞길을 아름답게 물들였다. 길을 걷던 박 할아버지가 문득 말했다.

"할머니, 우리가 함께한 시간이 이렇게나 많지만, 앞으로도 계속 함께할 시간이 더 남았으면 좋겠어요."

김 할머니는 그의 말을 듣고 잠시 멈춰 섰다. 그리고 천천히 그의 얼굴을 바라보며 말했다. "할아버지, 우리는 항상 함께 있을 거예요. 이 시간이 얼마나 남았든, 중요한 건 그 시간을 우리가 어떻게 보내느냐인 것 같아요. 이렇게 하루하루를 소중히 여기고, 서로 사랑하며 보내는 것이 가장 중요한 거죠."

박 할아버지는 미소를 지으며 다시 걸음을 옮겼다. "맞아요, 할머니. 당신과 함께하는 매일이 축복이에요. 그게 제게는 가장 큰 행복이죠."

두 사람은 그렇게 나란히 걷고, 집으로 돌아와 따뜻한 차를 나누며 하루를 마무리했다. 그들의 일상은 평범했지만, 그 속에 담긴 사랑은 그 무엇보다도 깊고 강했다.

시간은 계속 흘렀고, 계절도 다시 변해갔다. 두 사람은 언제나처럼 작은 여행을 하고, 서로를 아끼고, 작은 순간들을 소중하게 쌓아가며 인생을 살아갔다. 그리고 그들이 함께하는 시간은 그 어떤 순간보다도 빛나고 있었다.

김 할머니는 어느 날, 마당에 다시 피어나는 꽃들을 바라보며 생각했다. '우리의 사랑은 이 꽃들처럼 매년 다시 피어나고, 변하지 않는구나. 그리고 앞으로도 우리는 이 사랑을 계속 이어나가겠지.'

그렇게 두 사람은 삶의 마지막 순간까지도 서로를 깊이 사랑하며, 매일을 특별하게 보냈다. 그들의 사랑은 시간과 세월을 넘어 영원히 이어져갔다.

그로부터 몇 해가 더 흘러갔다. 김 할머니와 박 할아버지는 여전히 서로를 깊이 아끼며 일상을 함께 보냈다. 작은 기쁨도, 사소한 불편함도 함께 나누며 그들의 사랑은 더욱 깊어졌다. 이제 두 사람은 나이가 많이 들었지만, 마음만은 언제나 그 시절 처음 만났을 때처럼 설레고 따뜻했다.

어느 날 아침, 박 할아버지가 평소보다 일찍 일어나 김 할머니를 조용히 바라보았다. 햇살이 창문 너머로 비쳐 들어와 김 할머니의 얼굴을 부드럽게 감싸고 있었다. 주름이 늘었고 머리카락은 새하얗게 변했지만, 박 할아버지에게는 여전히 그녀가 세상에서 가장 아름다운 사람으로 보였다.

"할머니, 오늘은 특별한 날인 거 아시죠?" 박 할아버지가 미소를 지으며 말했다.

김 할머니는 잠시 생각하더니 환하게 웃었다. "아, 우리가 정식으로 만난지 7년이 됐네요. 벌써 그렇게 시간이 흘렀나요? 정말 빠르네요."

"그렇죠. 몇 년이 흘렀지만, 난 당신과 보낸 시간이 어제처럼 생생해요. 우리가 처음 만난 날부터 오늘까지 모든 순간이 소중했어요," 박 할아버지가 진심을 담아 말했다.

"할머니, 날 좀 봐봐."

김 할머니가 정원에서 꽃을 다듬고 있을 때, 박 할아버지가 나직하게 불렀다. 평소와 달리 목소리에 묘한 긴장감이 있었다. 김 할머니는 손에 들고 있던 가위를 내려놓고 할아버지를 바라보았다.

"무슨 일이에요,?"

"좀 기다려봐."

박 할아버지는 정원 한편에 자리 잡은 작은 벤치로 걸어가더니, 기다란 가방을 열었다. 그 안에서 나온 것은 반짝이는 색소폰이었다.

김 할머니는 놀란 눈으로 그를 쳐다보았다. "그게 뭐예요? 색소폰을 왜…?"

"독학했어. 몇 년 동안 말이야."

그 말에 김 할머니는 눈을 크게 떴다. 박 할아버지가 무언가를 몰래 배우고 있을 줄은 상상도 못 했다. 기타를 치고 노래를 부르는 것은 봤어도 색소폰 연주는 처음이었다. 그는 평소에 워낙 조용하고, 무언가를 새로 시도하는 것을 꺼리는 사람이었다.

박 할아버지는 입술을 모으고 색소폰을 불었다. 처음 몇 음이 나오자, 김 할머니는 숨을 멈췄다. 부드럽고도 따뜻한 멜로디가 정원을 채웠다. 바람결에 흔들리는 나뭇잎들 사이로 울리는 그 소리는 마치 그들의 지난 세월을 노래하는 것 같았다.

김 할머니는 두 손을 모아 가슴에 대고 그 연주를 들었다. 눈앞에 박 할아버지가 색소폰을 연주하는 모습이 낯설면서도 감동적이었다. 한 음, 한 음마다 그의 진심이 담겨 있었다. 그동안 아무 말 없이 김 할머니 곁을 지켜준 그의 마음이 연주 속에서 느껴졌다.

연주가 끝나자 박 할아버지는 조용히 색소폰을 내려놓고 김 할머니를 바라보았다. 두 사람의 시선이 마주쳤다.

"이제야 뭐 좀 표현한 것 같네." 박 할아버지가 어색하게 웃으며 말했다.

김 할머니의 눈에 눈물이 고였다. "왜… 왜 이렇게 늦게 말해줬어요?"

"말로 하는 건 내 취미가 아니잖아. 대신 음악으로 해봤지."

김 할머니는 그의 말에 웃음을 터뜨렸다. 그리고 곧 눈물을 닦았다. 그녀는 박 할아버지에게 다가가 조용히 그의 손을 잡았다. 손이 거칠었지만, 그 손에는 따뜻한 온기가 있었다.

"당신, 정말 특별한 사람이에요."

박 할아버지는 아무 대답도 하지 않았다. 다만 그들 사이에 흐르는 따뜻한 침묵이 그 모든 말을 대신했다. 그리고 그날, 그들은 그 정원에서 오랫동안 함께 앉아 있었다. 더는 말이 필요 없었다. 음악과 그동안 쌓아온 시간들이 모든 것을 말해주고 있었으니까.

그날 이후로 박 할아버지의 색소폰 연주는 김 할머니와 그들의 정원에서 특별한 일상이 되었다. 날이 저물 무렵이면 박 할아버지는 조용히 색소폰을 꺼내 들고 김 할머니의 곁에서 연주를 시작했다. 그때마다 김 할머니는 정원의 한쪽에 앉아 차를 마시며 그의 연주를 들었다. 그들은 말없이도 서로를 느끼고, 멜로디 속에 서로의 마음을 담았다.

두 사람은 그날 특별한 계획을 세우지 않았다. 그저 함께 있는 것이 그들에게 가장 큰 축복이었기 때문이다. 아침 식사로는 평소처럼 간단한 빵과 과일을 나누었고 마당으로 나가, 따뜻한 봄날의 햇살을 맞으며 조용히 산책을 했다. 마당에는 새싹이 돋아나고, 꽃들이 피어나는 모습이 보였다. 마치 그들 인생의 봄날이 다시 찾아온 듯했다.

"할머니, 이번에는 멀리 가지 않아도 좋겠어요. 오늘은 그냥 이곳에서, 우리 집에서 함께 시간을 보내는 게 더 의미 있을 것 같아요," 박 할아버지가 말했다.

김 할머니는 고개를 끄덕였다. "맞아요. 우리가 함께 살아온 이 집에서 보내는 오늘이 더 특별하게 느껴져요. 이곳에는 우리의 모든 추억이 담겨 있으니까요."

그들은 그날 하루 내내 함께 이야기를 나누고, 서로의 손을 잡고 마당을 거닐었다. 함께했던 수많은 시간들이 주마등처럼 스쳐 지나갔지만, 가장 중요한 것은 바로 지금, 이 순간이라는 것을 두 사람은 알고 있었다.

저녁이 되자 박 할아버지는 작은 케이크를 꺼내왔다. 김 할머니가 눈을 반짝이며 물었다. "이걸 언제 준비했나요?"

박 할아버지는 웃으며 대답했다. "당신을 위해 준비한 작은 선물이에요. 우리가 함께한 날들을 축하하고 싶었어요."

두 사람은 케이크를 나누며 서로의 눈을 바라보았다. 별다른 말이 필요 없었다. 그들의 마음은 이미 충분히 서로에게 전해지고 있었다.

"할아버지, 이렇게 나이가 들어서도 당신과 함께할 수 있다는 것이 제게는 가장 큰 선물이에요." 김 할머니가 말하며 눈가에 맺힌 눈물을 훔쳤다.

박 할아버지도 뭉클한 마음에 고개를 끄덕이며 말했다.

"할머니, 나도 마찬가지예요. 우리는 언제까지나 함께일 거예요. 그게 내가 바라는 전부예요."

밤이 깊어지자 두 사람은 조용히 집 안의 불을 끄고 벽난로 앞에서 서로 기대어 앉았다. 창밖으로는 별빛이 반짝이고 있었고, 벽난로의 따스한 불빛은 그들의 얼굴을 은은하게 비추었다.

김 할머니는 잠시 생각에 잠긴 듯 말했다. "우리가 함께할 날이 얼마 남지 않았을지도 모르겠어요. 그렇지만 그게 두렵지 않아요. 당신과 함께한 모든 시간이 너무 소중했으니까요."

박 할아버지는 그녀의 손을 꼭 잡으며 조용히 대답했다. "그렇죠. 시간이 얼마나 남았든, 중요한 건 우리가 그 시간을 어떻게 보내느냐죠. 그리고 나는 당신과 함께했던 모든 순간이 가장 행복했어요."

그렇게 두 사람은 조용히 서로를 바라보며, 고요한 밤 속에서 사랑의 힘을 다시 한번 느꼈다. 시간이 흘러도 변치 않는 그들의 사랑은 세월을 넘어 영원히 이어질 것만 같았다.

그날 밤, 김 할머니는 마지막으로 속삭였다. "할아버지, 우리가 함께한 이 시간이 영원히 기억될 거예요. 언제까지나."

박 할아버지는 미소 지으며 대답했다. "그럼요, 할머니. 우리의 사랑은 언제까지나."

그렇게 두 사람은 서로의 품에 안겨 평화로운 잠에 들었다. 그들의 삶은 끝없는 여정이었고, 그 여정의 매 순간은 사랑으로 가득 채워져 있었다. 그들의 이야기는 비록 끝나지 않았지만, 그들의 사랑은 이미 완성된 것이나 다름없었다.

그리고 그들의 사랑은 세월이 흘러도, 언제나처럼 빛나고 있었다.

5

봄날의 여운이 가시지 않은 어느 날, 김 할머니는 아침 일찍 일어나 창문을 열었다. 마당 가득 피어난 꽃들이 그녀를 반기고 있었다. 여행에서 돌아온 지 한 달 남짓 지났지만, 그 기억은 여전히 생생했다. 박 할아버지와 함께했던 바닷가에서의 시간은 그녀의 마음속에 소중한 보물처럼 남아 있었다.

그날도 어김없이 박 할아버지가 할머니의 집에 들렀다. 두 사람은 작은 정원에서 차를 마시며 이야기꽃을 피웠다. 그들의 일상은 단조롭지만, 그 안에 담긴 따뜻함과 평온함은 그들에게 큰 위안이 되었다. 서로의 존재가 주는 힘은 시간이 지날수록 더 깊어져 갔다.

"할머니, 요즘 몸은 괜찮으세요?" 박 할아버지가 물었다. 최근 김 할머니는 잦은 기침을 하며 가끔 피곤해 보였다.

김 할머니는 손사래를 치며 웃었다. "괜찮아요. 나이가 드니 이런저런 곳이 아픈 건 어쩔 수 없지요. 당신도 그러잖아요?"

박 할아버지는 말없이 미소를 지었다. 사실 그도 건강이 예전 같지 않음을 느끼고 있었다. 다만 서로에게 걱정을 끼치고 싶지 않아서, 두 사람은 가끔씩 아픈 곳이 있어도 크게 내색하지 않았다. 하지만 그날은 어쩐지 박 할아버지가 걱정스러운 눈길을 거두지 않았다.

며칠 후, 김 할머니는 병원을 찾았다. 단순한 감기라고 생각했던 기침이 멈추지 않았고, 평소보다 더 쉽게 피로를 느꼈기 때문이다. 진료를 받은 후 의사는 심각한 표정으로 그녀에게 말했다.

"김 할머니, 폐 쪽에 문제가 있습니다. 정밀 검사를 받아보셔야 할 것 같습니다."

그 순간 김 할머니는 잠시 말문이 막혔다. 나이가 들며 아프다는 것은 당연한 일이었지만, 의사의 말은 예상치 못한 불안을 안겨주었다. 병원에서 나온 김 할머니는 박 할아버지에게 그 사실을 말할지 고민했다. 걱정시키고 싶지 않은 마음이 컸지만, 한편으로는 그에게 의지하고 싶은 마음도 있었다.

결국, 그날 저녁, 박 할아버지와 차를 마시며 김 할머니는 천천히 입을 열었다. "할아버지, 내가 검진을 받았는데... 폐에 이상이 있다는 말을 들었어요."

박 할아버지는 놀란 표정으로 그녀를 바라보았다. 그리고 잠시 후, 조용히 그녀의 손을 잡았다. "걱정 말아요, 할머니. 함께 할 테니까요. 뭐든지 같이 이겨낼 수 있을 겁니다."

그의 따뜻한 말에 김 할머니는 울컥했다. 마음 깊숙이 두려움이 자리하고 있었지만, 그가 곁에 있다는 사실이 큰 위로가 되었다. 그리고 그 순간, 김 할머니는 더는 혼자가 아님을 확신했다.

정밀 검사를 받은 후, 김 할머니는 생각보다 심각한 진단을 받았다. 폐암 초기였다. 다행히 치료가 가능한 단계였지만, 나이가 많은 그녀에게는 치료 과정이 쉽지 않을 것이라는 설명이 뒤따랐다. 그럼에도 불구하고 김 할머니는 결심했다. 남은 삶을 후회 없이 보내기 위해서라도, 치료를 받기로 했다.

박 할아버지는 그 결정을 존중하며 그녀의 곁을 지켰다. 치료를 받는 동안 두 사람은 서로에게 더욱 깊이 의지했다.

김 할머니가 힘들어할 때면 박 할아버지는 묵묵히 그녀의 손을 잡고 곁에서 이야기를 나누었다. 젊은 시절의 추억, 그들이 함께한 시간, 그리고 앞으로의 날들에 대해. 그들의 대화는 끝이 없었고, 그 안에서 두 사람은 삶의 의미를 다시금 되새겼다.

시간이 흐르며 김 할머니의 몸은 점차 회복되기 시작했다. 치료가 끝날 무렵, 두 사람은 다시 마당에 앉아 봄의 기운을 만끽했다. 병을 이겨낸 후 맞이한 이 봄은 더욱 특별하게 느껴졌다.

그들은 서로를 바라보며 무언의 감사함을 나누었다. 살아가는 것, 그리고 함께 살아가는 것이 얼마나 소중한지 다시금 깨달은 순간이었다.

박 할아버지가 웃으며 말했다. "이제 또 어디로 여행을 갈까요? 이번엔 더 멀리, 새로운 곳을 가봅시다."

김 할머니는 살며시 웃으며 대답했다. "그래요. 이번엔 더 멀리 가봅시다. 우리에게 주어진 시간이 이렇게 소중한 줄, 이제야 알겠어요."

그들의 노년은 여전히 이어지고 있었다. 함께한 시간들이 모여 이제는 서로의 인생을 더욱 풍성하게 채워주고 있었다. 앞으로 다가올 날들은 알 수 없지만, 두 사람은 그 시간이 더 이상 두렵지 않았다. 함께라면 그 어떤 순간도 아름답고 소중할 테니까.

김 할머니는 마지막으로 마당의 꽃들을 바라보며 생각했다.

'노년의 삶은 언제나 아름답다. 우리가 서로를 잃지 않는 한, 이 봄은 계속될 것이다.'

김 할머니와 박 할아버지의 삶은 다시 평온한 일상으로 돌아갔다. 건강을 되찾은 김 할머니는 더없이 감사한 마음으로 하루하루를 보냈다. 작은 일에도 웃음이 터졌고, 무엇보다 함께하는 시간이 그들에게 더없이 소중하게 느껴졌다.

6

어느 날, 박 할아버지가 특별한 제안을 했다. "할머니, 우리 마을에서 작은 모임을 하나 여는 건 어때요? 요즘 사람들, 서로 너무 바쁘게만 사는 것 같아요. 우리가 함께 모여 차도 마시고, 노래도 부르고, 그렇게 소박하게 즐길 수 있는 자리를 만들면 좋지 않겠어요?"

김 할머니는 그 제안에 잠시 생각에 잠겼다. 젊었을 때는 이런 모임이 흔했지만, 나이가 들면서 그런 자리를 만들 생각을 하지 못했다. 하지만 이제는 그들도 누군가와 나누고, 함께 즐길 수 있는 시간이 필요했다.

"좋은 생각이에요. 우리 같은 나이든 사람들끼리라도 모여서 함께하는 시간을 만드는 건 참 의미 있을 것 같아요."

두 사람은 마을 사람들에게 하나둘 연락을 돌렸다. 곧, 마을 어귀 작은 공터에 테이블을 놓고 다 같이 모여 시간을 보내기로 약속했다. 준비는 단순했다. 각자 조금씩 음식을 가져오고, 작은 의자와 테이블만 있으면 됐다. 중요한 것은 그들이 함께 시간을 나누고, 이야기를 나눌 수 있는 자리라는 것뿐이었다.

그날, 마을의 어르신들이 하나둘 모였다. 김 할머니와 박 할아버지가 중심이 되어 차와 다과를 준비하고, 사람들은 소소한 대화를 시작했다. 오랜만에 얼굴을 보는 이들도 있었고, 평소 마주치기만 하던 이웃들도 모임에 나왔다. 마을은 작았지만, 바쁜 일상 속에서 이렇게 한 자리에 모이는 일이 쉽지 않았다.

모임은 점점 활기를 띠기 시작했다. 사람들이 차를 마시며 젊은 시절의 이야기를 꺼내놓고, 서로의 자녀와 손주들 이야기를 하며 웃음꽃을 피웠다. 박 할아버지는 오랜만에 색소폰을 들고나와 즉석에서 노래를 부르기도 하고 색소폰 연주도 하며, 마을 사람들은 박수를 치며 함께 흥얼거렸다.

시간이 흐르면서 두 사람의 일상에는 더 많은 변화가 생겼다. 마을 사람들 사이에서도 그들의 이야기가 퍼지기 시작했다.

'박 할아버지가 색소폰을 연주한다'는 소문은 마을 사람들의 관심을 끌었다. 누구도 그가 음악을 할 줄 알았던 사람이 아니었기 때문이다.

어느 날, 이웃에 사는 정씨 할머니가 김 할머니를 찾아왔다.

"김씨, 소문 들었어요. 박씨가 색소폰을 연주한다면서요?"

김 할머니는 빙그레 웃었다. "맞아요, 우리 박씨가 그걸 독학했지 뭐예요."

정씨 할머니는 눈을 크게 뜨고 물었다. "아니, 그럼 그걸 누구한테 들려주는 거예요? 혼자 연주하는 건 아니잖아요."

"나한테 들려주려고 연습한 거예요. 3년이나." 김 할머니는 웃으며 대답했다. "우리 만난 지 7년 되는 기념으로 처음 연주를 해줬죠."

정씨 할머니는 놀라서 손을 흔들며 말했다. "이런 낭만이 있을 수가! 박씨가 그런 사람인지 몰랐네요. 이렇게 늙어서도 서로 위해주는 모습이 참 보기 좋네요."

정씨 할머니는 금방 마을 사람들에게 이 이야기를 전했고, 소문은 순식간에 퍼졌다. 이웃들은 그 이야기를 듣고 마치 오래된 영화 속 한 장면을 떠올리며 감탄했다.

그러던 어느 날, 동네에서 작은 축제가 열리기로 했다. 마을 주민들이 모여 서로 준비한 음식과 즐길 거리를 나누는 자리였다. 김 할머니는 축제 준비를 돕고 있었는데, 마을 이장이 다가와 말했다.

"김 할머니, 이번 축제 때 박 할아버지가 색소폰 연주를 한 번 해주면 어떻겠습니까? 마을 사람들이 그 이야기를 듣고 아주 기대하고 있어요."

김 할머니는 순간 망설였다. 박 할아버지가 사람들 앞에서 연주할 것 같지는 않았다. 그가 그동안 연습한 이유는 오로지 김 할머니를 위한 것이었으니까. 하지만 이장의 부탁을 거절하기도 어려웠다. 집으로 돌아온 김 할머니는 조심스럽게 그 이야기를 꺼냈다.

"할아버지, 이번에 마을 축제에서 색소폰 연주해 줄 수 있을까요? 마을 사람들이 기대하고 있어요."

"그럼 한 번 해볼까. 당신을 위해서 한 건데… 사람들이 듣고 싶다면 괜찮지."

그날 밤, 박 할아버지는 축제에서 연주할 곡을 연습했다. 김 할머니는 그 옆에서 조용히 앉아 그의 연주를 들으며 마음이 따뜻해졌다. 그에게는 여전히 무뚝뚝함이 있었지만, 이제는 그 마음속에 숨겨진 깊은 애정이 음악으로 표현되고 있었다.

며칠 뒤, 축제 날이 되었다. 마을 사람들이 모두 모여 음식을 나누고 웃음소리가 가득했다. 무대 한편에는 박 할아버지가 서 있었다. 그는 낡은 의자에 앉아 조용히 색소폰을 꺼내 들었다. 사람들의 시선이 그에게 집중되었지만, 박 할아버지는 조금도 흔들리지 않았다. 그는 색소폰을 입에 대고 천천히 숨을 내쉬었다.

첫 음이 울리자, 마을 사람들의 웃음소리는 잠잠해지고, 정적이 흐르기 시작했다. 곧 부드럽고 잔잔한 멜로디가 울려 퍼졌다. 그의 연주는 단순한 연주가 아니었다. 그것은 지난 5년간 김 할머니를 향한 마음, 그리고 두 사람이 함께 쌓아온 시간의 흐름을 담고 있었다.

김 할머니는 사람들 사이에 서서 그 모습을 지켜보았다. 마을 사람들도 어느새 그의 연주에 깊이 빠져들었다. 노을이 지는 하늘 아래서, 박 할아버지의 음악은 바람을 타고 마을 곳곳으로 퍼져 나갔다.

연주가 끝나자, 박 할아버지는 아무 말 없이 색소폰을 내려놓았다. 그 순간 마을 사람들은 박수 갈채를 보냈다. 박 할아버지는 그저 조용히 고개를 끄덕였을 뿐이었다.

축제가 끝나고 두 사람은 다시 집으로 돌아왔다. 길을 걸으며 김 할머니는 박 할아버지에게 말했다.

"당신, 오늘 정말 멋있었어요. 당신 연주가 이렇게 많은 사람들한테 감동을 줄 줄 몰랐어요."

박 할아버지는 어색하게 웃으며 대답했다. "다 당신 덕분이지. 내가 그 연주를 할 수 있었던 건 당신이 있었기 때문이니까."

그 말에 김 할머니는 잠시 걸음을 멈추었다. 그녀는 그의 손을 꼭 잡았다. 따뜻한 손길이 밤 공기 속에서도 느껴졌다.

"그 말, 꼭 기억할게요."

그들은 다시 걸음을 옮겼고, 그날 밤, 하늘에는 수많은 별들이 반짝이고 있었다. 마치 두 사람의 새로운 시작을 축복하는 듯, 조용히 빛나고 있었다.

그렇게 축제는 끝나고 그 작은 모임 속에서 그들은 잠시나마 나이를 잊고, 젊은 시절로 돌아간 듯한 기분을 느꼈다.

김 할머니는 그 모습을 보며 마음이 뭉클해졌다. 이토록 소박한 시간들이 이렇게 큰 기쁨을 줄 수 있다는 사실을 새삼 깨달았다. 노년의 삶도 충분히 풍요롭고, 함께라면 그 안에서 행복을 찾을 수 있다는 믿음이 더 확고해졌다.

모임이 끝나고 사람들이 하나둘 집으로 돌아갔을 때, 박 할아버지가 김 할머니를 향해 미소 지으며 말했다.

"할머니, 오늘 참 좋았죠? 이런 모임을 자주 열면 좋겠어요. 우리가 이렇게 함께 웃고 지낼 수 있는 시간이 앞으로 얼마나 될지 모르지만, 남은 날들에 최선을 다해 살아가야죠."

김 할머니도 고개를 끄덕이며 말했다. "맞아요. 시간이 얼마나 남았는지는 중요하지 않아요.

지금 우리가 이렇게 함께할 수 있다는 것, 그게 가장 큰 선물이죠."

그날 밤, 김 할머니는 잠자리에 들기 전 창밖을 바라보았다. 밤하늘에는 별이 가득했고, 차가운 바람이 창문을 스치고 지나갔다. 하지만 그 바람 속에서도 그녀의 마음은 따뜻했다. 삶이란 결국, 함께하는 순간들이 쌓여 만들어지는 것임을 깨달은 오늘이었다.

그리고 그 순간, 김 할머니는 확신했다. 이제 남은 시간 동안 그녀는 더 많이 사랑하고, 더 많이 웃고, 더 많이 나누며 살아갈 것이다. 언제 끝이 올지 몰라도, 그 끝이 두렵지 않다는 것을 알았다. 박 할아버지와 함께, 그리고 소중한 사람들과 함께하는 삶은 그 자체로 완전하고 아름다웠다.

다음 날, 김 할머니는 작은 마당에 나와 새로 핀 꽃들을 바라보았다. 그 꽃들처럼, 그녀의 마음도 새롭게 피어나고 있었다. 박 할아버지와 함께할 날들이 얼마 남지 않았다는 것을 안다 해도, 그들에게는 아직 많은 봄이 남아 있었다. 삶은 계속되고, 그들의 봄도 계속될 것이었다.

시간은 빠르게 흘렀지만, 김 할머니와 박 할아버지에게는 하루하루가 선물처럼 다가왔다.

그들의 일상은 단순했지만, 서로에게 의지하며 보내는 시간들은 늘 따뜻하고 평화로웠다. 마을 모임도 정기적으로 열리기 시작했고, 이웃들은 그 모임을 기다리며 소소한 준비를 하곤 했다. 그 작은 모임은 어르신들에게 새로운 활력이 되었고, 서로에게 위로와 기쁨을 나눌 수 있는 시간이 되었다.

어느 여름날, 박 할아버지가 김 할머니에게 뜻밖의 이야기를 꺼냈다.

"할머니, 내가 생각해봤는데...우리 같이 사진을 찍는 게 어떨까요? 우리가 함께한 시간들을 기록으로 남기고 싶어요. 사진은 그 순간을 영원히 간직할 수 있잖아요."

김 할머니는 박 할아버지의 제안에 살짝 놀랐다. 사진이라니, 젊은 시절에는 자주 찍었지만 나이가 들면서는 그런 생각을 하지 못했다. 하지만 그녀는 곧 박 할아버지의 말이 얼마나 의미 있는지 깨달았다. 서로의 모습, 함께한 시간을 눈에 보이는 기록으로 남기는 것은 그들에게도, 남겨진 가족들에게도 큰 선물이 될 것이다.

사진을 찍는 날, 김 할머니와 박 할아버지는 서로를 바라보며 환하게 웃었다.

사진사 앞에서 조금은 어색하게 포즈를 취했지만, 두 사람의 얼굴에는 수십 년을 함께 살아온 사람들만이 가질 수 있는 따뜻한 미소가 가득했다. 그 순간, 그들은 서로의 마음속 깊이 새겨진 사랑과 우정을 다시 한 번 확인할 수 있었다.

사진을 찍은 후, 두 사람은 그 사진을 집에 걸기로 했다. 집 한쪽 벽에는 이제 그들의 모습이 담긴 액자가 놓였고, 그 사진은 두 사람의 삶을 담아낸 하나의 상징처럼 자리 잡았다. 매일 그 사진을 바라보며 김 할머니와 박 할아버지는 미소 지었다. 삶이 그들에게 준 많은 기쁨과 슬픔, 그리고 그 모든 것을 함께한 시간이 그 사진 속에 담겨 있었다.

7

그러던 어느 날, 박 할아버지가 몸이 좋지 않다는 말을 하였다. 김 할머니는 그가 말을 아껴왔다는 것을 알았다. 그동안 그녀가 아플 때 힘이 되어주었던 박 할아버지도 이제는 점점 나이가 들고 있었다. 박 할아버지는 병원을 찾아가 건강 검진을 받았고, 결과는 좋지 않았다. 박 할아버지 역시 김 할머니처럼 노화로 인한 질병이 찾아온 것이었다.

이제 김 할머니의 차례였다. 그녀는 조용히 박 할아버지의 곁을 지켰고, 그가 아프고 지칠 때마다 함께 있었다. 두 사람은 서로의 아픔을 알고 있었지만, 그것이 두려움으로 다가오지는 않았다. 이제는 서로에게 기대고, 그 시간을 함께 견뎌내는 것이 자연스러웠다.

어느 늦가을 날, 바람이 차갑게 불기 시작할 무렵, 박 할아버지는 김 할머니에게 말했다. "할머니, 이제 나도 가야 할 시간이 다가오는 것 같아요. 내가 먼저 가도 혼자 외롭지 않게 지낼 수 있겠죠?"

김 할머니는 그의 손을 꼭 잡고 조용히 대답했다. "할아버지, 걱정 말아요. 우리는 이렇게 많은 시간을 함께했고, 그 모든 순간들이 내 마음에 남아 있을 거예요. 당신이 떠나도 나는 혼자가 아니에요. 당신과의 기억이 항상 내 곁에 있을 테니까요."

그 후로도 박 할아버지는 점점 더 약해졌고, 그들의 대화는 짧아졌지만, 마음속에서 나누는 말들은 여전히 풍부했다. 시간이 다가오는 것을 느낄 때마다 두 사람은 함께 앉아 조용히 서로를 바라보았다. 그리고 마침내, 어느 날 박 할아버지는 김 할머니의 손을 잡은 채 조용히 눈을 감았다. 그의 얼굴에는 평온한 미소가 가득했다.

김 할머니는 깊은 슬픔에 잠겼지만, 그들의 사랑이 여전히 자신 안에 살아있음을 느꼈다. 그녀는 혼자가 된 마당에서 피어나는 꽃들을 바라보며 박 할아버지와의 추억을 떠올렸다. 그들의 시간은 끝났지만, 그 안에 담긴 사랑은 그녀를 다시 일으켜 세워주었고 김 할머니는 박 할아버지가 떠난 후에도 큰 슬픔에 잠기지 않았다

계절이 바뀌고, 마을의 시간이 흘러도 김 할머니는 매일, 아침마다 박 할아버지를 생각하며 그와 나눈 대화를 떠올렸다.

그녀는 여전히 그가 곁에 있는 것처럼 느껴졌고, 그들의 사랑은 결코, 끝나지 않을 거라는 믿음을 가지고 있었다.

김 할머니는 마당에 피어난 꽃들을 보며 조용히 속삭였다.

"할아버지, 당신은 이제 이 세상에 없지만, 우리는 여전히 함께예요. 당신과 나눴던 모든, 순간들이 나를 지켜주고 있으니까요. 당신이 내 곁에 없더라도, 난 언제까지나 당신을 사랑할 거예요."

그리고 그 순간, 그녀는 하늘을 바라보며 미소를 지었다. 박 할아버지가 그곳 어딘가에서 자신을 바라보며 미소 짓고 있을 것만 같았다.

김 할머니는 그날도 평소처럼 하루를 보냈고, 그 속에서 여전히 박 할아버지와 함께 있는 듯한 따스함을 느꼈다. 비록 이제 혼자 남았지만, 그녀의 마음속에 박 할아버지는 언제나 살아있었다. 그들의 사랑은 세월을 넘어 영원히 계속될 것이었다.

그가 남긴 기억들은 그녀에게 끝없는 위로가 되었고, 그와 함께했던 시간들은 언제나 그녀의 마음을 따뜻하게 감싸주었다.

그녀는 그가 떠난 후에도 여전히 그가 곁에 있는 것처럼 느꼈고, 사진 속 그의 미소를 보며 하루하루를 살아갔다.

그리고 그렇게, 김 할머니는 여전히 마당에서 꽃을 가꾸고, 이웃들과 함께 시간을 나누며 삶을 이어갔다. 박 할아버지와 함께한 시간은 끝이 났지만, 그들의 이야기는 여전히 그녀의 마음속에서 계속되고 있었다. 삶은 계속되었고, 봄은 언제나 다시 찾아왔다. 김 할머니는 그 사실을 누구보다도 잘 알고 있었다.

박 할아버지가 떠난 뒤, 김 할머니의 일상은 조용하지만, 여전히 평온했다. 처음엔 아침마다 그가 앉던 의자를 바라보며 마음 한구석이 텅 빈 듯한 기분이 들었다. 하지만 그 빈자리는 점차 시간이 채워주었다. 김 할머니는 박 할아버지가 남긴 사진을 바라보며 혼자서도 차를 마셨고, 마당의 꽃을 돌보며 그와 함께 나눈 추억들을 곱씹었다

마을 모임은 여전히 이어졌고, 마을 사람들은 박 할아버지를 그리워했다. 김 할머니는 그 모임을 꾸준히 주도했다. 박 할아버지 없이 혼자일지라도 그녀는 그와 함께한 시간이 자신을 더욱 강하게 만들었다는 것을 느꼈다.

이웃들은 박 할아버지의 빈자리를 슬퍼했지만, 김 할머니는 여전히 그들의 중심에 있었다. 그녀는 그들에게 따뜻한 말로 위로를 건넸고, 박 할아버지가 그랬던 것처럼 기타를 가져와 노래를 부르며 분위기를 띄우기도 했다.

어느 날, 마을의 젊은 부부가 김 할머니를 찾아왔다. 그들은 얼마 전에 태어난 아기를 안고 있었다. 부부는 마을에서 오랫동안 김 할머니와 박 할아버지를 보며 그들의 사랑과 인생을 본받고, 싶어 했다고 말했다. "할머니, 아기가 태어난 지 얼마 되지 않았는데 할머니께 인사를 드리고 싶었어요. 우리 아기도 할머니처럼 따뜻한 삶을 살았으면 좋겠어요."

김 할머니는 그 말을 듣고 잠시 눈시울이 뜨거워졌다. 젊은 부부가 찾아온 것은 그녀에게 큰 위로와 기쁨이 되었다. 그녀는 아기의 작은 손을 잡으며 말했다. "이 아이도 언젠가 당신들처럼 사랑하는 사람과 오래도록 함께할 거예요. 중요한 건 서로의 존재를 소중히 여기고, 함께하는 매 순간에 감사하는 마음을 갖는 거랍니다."

그날 이후로 김 할머니는 마을의 젊은 이웃들과 더 자주 어울렸다. 그녀는 노년의 지혜를 나누며 그들이 겪는 어려움에 따뜻한 조언을 아끼지 않았다.

그녀에게 있어서, 젊은 사람들과의 소통은 새로운 활력소가 되었다. 그리고 그들은 김 할머니를 존경하고 사랑하며, 그녀가 가진 삶의 이야기를 경청했다.

시간이 흐르고 계절이 바뀌어 다시 봄이 찾아왔다. 김 할머니는 여전히 마당에서 꽃을 가꾸고, 햇살을 맞으며 차를 마시는 것을 즐겼다. 어느 날, 그녀는 박 할아버지와 함께 찍은 사진을 들고 마당으로 나갔다. 사진을 바라보며 그녀는 미소를 지었다. 그와 함께한 시간은 끝났지만, 그 기억은 그녀에게 살아있는 힘이 되어 있었다.

그날 저녁, 김 할머니는 차를 마시며 속삭이듯 혼잣말을 했다. "당신이 떠난 지 벌써 시간이 이렇게 흘렀어요. 하지만 당신은 여전히 내 마음속에 살아 있어요. 함께한 시간들 덕분에 난 외롭지 않아요. 그리고 우리 이야기, 그 누구도 잊지 않을 거예요."

그녀는 그날 밤, 박 할아버지와 함께했던 수많은 봄날을 떠올리며 편안히 잠에 들었다. 그리고 그 다음 날 아침, 그녀는 더없이 평화로운 미소를 지으며 세상을 떠났다. 그녀의 얼굴에는 오랜 친구와 다시 만나게 될 기대감이 담긴 따뜻한 미소가 머물러 있었다.

김 할머니의 장례식은 마을 사람들의 사랑과 존경 속에서 이루어졌다. 마을 사람들은 그녀가 남긴 기억과 지혜를 나누며 슬픔보다는 그녀의 삶을 축복했다. 그녀가 떠났지만, 그녀와 박 할아버지가 함께했던 그 따뜻한 사랑은 마을 곳곳에 깊이 스며들어 있었다.

8

그리고 그 봄날 이후, 마을의 사람들은 종종 박 할아버지와 김 할머니가 함께했던 자리에 앉아 그들의 이야기를 떠올렸다. 그들이 남긴 기억은 오래도록 이어졌고, 마을 사람들은 그들의 삶이 얼마나 아름다웠는지, 그리고 서로를 사랑하며 보낸 시간이 얼마나 값진 것이었는지 잊지 않았다.

봄은 계속되었다. 그들의 이야기도, 그들의 사랑도 언제까지나 마을에 남아 새로운 세대에게 전해졌다. 봄은 지나가지만, 그들이 남긴 따뜻한 추억과 사랑은 영원히 피어날 것이었다.

김 할머니와 박 할아버지가 떠난 뒤, 그들의 이야기는 마을 사람들 사이에서 오랫동안 회자 되었다. 두 사람의 사랑과 따뜻한 인생은 많은 이들에게 삶의 본보기가 되었고, 마을 곳곳에는 여전히 그들의 흔적이 남아 있었다.

김 할머니가 가꾸던 작은 정원은 마을 사람들의 손길에 의해 유지되었고, 그곳은 마을 사람들에게 조용히 쉬어갈 수 있는 안식처가 되었다.

정원에는 항상 꽃이 피어 있었고, 그 꽃들은 마치 김 할머니가 남긴 사랑을 대변하는 듯했다. 꽃잎이 하나둘 바람에 흔들릴 때마다 사람들은 그 모습을 보며 두 사람을 떠올렸다. 이웃들은 김 할머니와 박 할아버지가 마치 그 정원에서 여전히 함께 있는 듯 느껴졌고, 그들의 영혼이 마을을 지키고 있다는 믿음이 생겼다.

시간이 흘러 새로운 세대가 마을을 채웠다. 젊은 부부들이 아이를 낳고, 그 아이들이 자라나면서도 김 할머니와 박 할아버지의 이야기는 여전히 전해졌다. 아이들은 그들의 사랑 이야기를 듣고, 두 사람처럼 깊고 진실된 사랑을 꿈꾸었다. 특히 마을 모임에서 김 할머니가 자주 불렀던 노래는 이제 마을의 전통처럼 자리 잡았다. 모임이 열릴 때마다 누군가 기타를 들고 나와 그 노래를 부르면, 모든 이들이 함께 따라 불렀다.

마을 회관 한편에는 김 할머니와 박 할아버지의 사진이 걸려 있었다. 두 사람이 밝게 웃으며 찍은 그 사진은 마을 사람들에게 여전히 큰 의미를 주었다.

그들의 삶은 단순했지만, 그 안에는 진심과 따뜻함이 가득했기 때문이다. 사람들은 그 사진을 볼 때마다 자신들의 삶을 되돌아보고, 서로를 더 아끼고 사랑해야 한다는 깨달음을 얻었다.

어느 날, 한 젊은 부부가 마을에 이사를 왔다. 그들은 그곳의 평화롭고 따뜻한 분위기에 이끌려 마을에 정착하기로 결심했다. 이웃들은 그들에게 김 할머니와 박 할아버지의 이야기를 전해주며, 이 마을이 단순한 공간이 아닌, 사랑과 삶의 이야기가 깃든 곳이라는 것을 알려주었다. 부부는 그 이야기에 깊이 감동했고, 그들의 삶 속에서도 두 사람처럼 서로에게 따뜻한 존재가 되겠다고 다짐했다.

계절이 몇 번 더 바뀌고, 다시 봄이 찾아왔을 때, 마을 사람들은 김 할머니와 박 할아버지가 가꾸던 정원에서 작은 축제를 열었다. 그들이 남긴 유산을 기리고, 그들의 삶을 기념하기 위한 자리였다. 사람들은 함께 모여 차를 마시고, 꽃이 만발한 정원에서 웃으며 이야기꽃을 피웠다. 마치 김 할머니와 박 할아버지가 생전에 즐기던 모임처럼, 그 자리는 따뜻함과 사랑으로 가득 찼다.

그날 밤, 마을 사람들은 밤하늘을 바라보며 조용히 속삭였다.

두 사람이 떠난 지 오래되었지만, 그들이 남긴 사랑은 여전히 이곳에 머물러 있음을. 그들의 봄은 끝나지 않았고, 그들의 이야기도 마을 사람들의 마음속에서 계속 이어지고 있었다.

그렇게 김 할머니와 박 할아버지의 이야기는 세월이 흘러도 잊히지 않고 마을의 일부로 남았다. 봄이 돌아올 때마다 사람들은 그들의 사랑을 떠올렸고, 그 기억은 마을을 더 따뜻한 곳으로 만들었다. 그들의 삶과 사랑은 사람들에게 영원히 잊히지 않을 소중한 가르침이 되었다.

그리고 그들의 봄은 끝없이 계속되었다. 몇 해가 더 흘렀다. 김 할머니와 박 할아버지가 떠난 뒤로 마을은 점차 변해갔지만, 그들의 정원과 이야기는 여전히 살아 있었다. 새로 이사 온 가족들도, 오랜 세월 그곳에 살던 사람들도 그 정원을 돌보고 그들의 기억을 이어 나갔다. 정원의 꽃들은 매해 잊지 않고 피어났고, 마을 사람들은 봄이 올 때마다 작은 축제를 열어 그들을 기렸다.

어느 날, 정원을 돌보던 마을의 한 젊은 엄마가 아이에게 김 할머니와 박 할아버지의 이야기를 들려주고 있었다.

"여기서 살던 두 분은 참 서로를 많이 아꼈단다. 그분들은 평생을 함께하며 서로에게 힘이 되어주었어. 그리고 우리가 이렇게 그분들을 기억하는 이유는, 그들의 삶이 정말 따뜻하고 아름다웠기 때문이지."

아이의 눈이 반짝이며 물었다. "할머니, 할아버지도 항상 같이 있었어요? 계속 행복하게?"

젊은 엄마는 웃으며 고개를 끄덕였다. "응, 두 분은 비록 나중에 한 분이 먼저 떠났지만, 서로를 끝까지 사랑했단다. 그래서 우리가 여기서 그분들을 기억하는 거야. 그분들의 이야기는 우리에게 어떻게 살아야 할지, 서로를 얼마나 소중히 여겨야 할지 알려주거든." 아이의 작은 손이 꽃잎을 만지며 속삭였다. "나도 커서 그런 사랑을 하고 싶어요."

그 순간, 지나가던 마을 어르신이 그 말을 들으며 따뜻하게 웃었다. "그럴 수 있지. 너도 이 마을에서 자라며 많은 사람들과 함께할 거야. 김 할머니와 박 할아버지처럼 서로를 아끼고 사랑하면 그 사랑은 절대 사라지지 않는단다."

그날 저녁, 마을 사람들은 저물어 가는 해를 바라보며 정원에서 차를 나누었다.

김 할머니와 박 할아버지의 사진은 여전히 정원 한쪽에 걸려 있었고, 그 사진을 본 사람들은 자연스럽게 미소 지었다. 사진 속의 두 사람은 평화롭고 행복한 표정으로 여전히 그 자리에 있었다.

마을의 젊은이들, 어르신들, 그리고 새로 이사 온 가족들 모두 그 사진을 바라보며 저마다의 추억을 떠올렸다. 마치 그들이 지금도 정원 어딘가에서 꽃을 가꾸고, 서로 이야기를 나누고 있는 듯했다. 그들의 사랑은 세월을 넘어 마을의 모든 사람들에게 계속해서 영향을 주고 있었다.

이후로도 김 할머니와 박 할아버지의 이야기는 마을을 떠나지 않았다. 그들의 삶과 사랑은 마치 마을의 공기처럼 자연스러운 일부가 되었고, 새로운 세대에게도 따뜻한 가르침으로 남았다. 정원을 가꾸는 사람들, 서로의 안부를 묻는 이웃들, 그리고 봄마다 열리는 작은 축제는 모두 그들이 남긴 유산이었다.

그리고 그렇게, 그들의 봄은 영원히 마을에 머물렀다. 언제나처럼 꽃이 피고, 사람들이 그곳을 오갈 때마다 그들은 여전히 그 자리에 있는 듯했다. 김 할머니와 박 할아버지의 이야기는 시간과 함께 흘러가도, 그 사랑과 따뜻함은 결코 사라지지 않을 것이다.

봄이 오면, 마을은 다시 그들의 이야기를 들려줄 것이다. 그들의 삶은 마치 언제나 피어나는 봄꽃처럼, 이곳에서 계속 피어나고 있었다.

9

그해 겨울은 유난히 길고 추웠다. 하지만 마을 사람들은 여느 때처럼 서로의 온기로 겨울을 견뎌냈고, 봄이 오기를 기다렸다. 그리고 드디어, 첫 번째 봄비가 내리자마자 마을 곳곳에는 푸른 잎이 돋아나기 시작했다. 김 할머니와 박 할아버지가 가꾸던 정원도 빠르게 생기를 되찾았다. 꽃들은 다시 피어올랐고, 그 향기가 바람에 실려 마을 전체에 퍼졌다.

마을에서 김 할머니와 박 할아버지를 기억하는 축제 준비가 시작되었다. 올해는 특별히 더 많은 사람들이 모였다. 오랜만에 마을을 떠났던 이들도 돌아왔고, 새로운 얼굴들도 보였다. 마을 어르신들은 어린아이들에게 정원을 소개하며 그 속에 담긴 이야기들을 전해주었다. "여기 이 자리가 김 할머니가 앉아 차를 마시던 곳이란다." 하고 아이들에게 보여주면, 아이들은 그 자리에 앉아 상상에 잠기곤 했다.

특히 이번 축제는 두 사람의 삶을 기리는 의미에서 그들의 생애를 그림으로 남기는 프로젝트가 계획되었다. 마을의 젊은 화가들이 그 작업을 맡았다. 그들은 마을 사람들의 이야기를 들으며 김 할머니와 박 할아버지가 함께했던 시간들을 그림으로 표현했다. 김 할머니가 정원을 가꾸는 모습, 박 할아버지가 색소폰을 부르던 순간, 두 사람이 서로에게 건넨 따뜻한 미소를 담아낸 장면들로 한 벽을 채웠다.

축제 당일, 사람들은 그 그림들 앞에 모여들었다. 그들의 사랑과 평화로운 삶이 그림 속에서 되살아났고, 모든 사람은 그 그림을 보며 저마다의 감정을 느꼈다. 어린아이들은 두 노인의 삶을 동화처럼 여겼고, 어른들은 그들의 삶을 본받고자 마음을 다잡았다. 그날 밤, 마을 광장에서는 조그마한 콘서트가 열렸다. 박 할아버지가 생전에 기타를 치고, 노래를 부르고, 색소폰을 불던 자리에 마을의 젊은이가 앉아, 그의 색소폰을 연주했다. 그 소리가 울려 퍼지자 모두가 눈을 감고 그리운 추억 속으로 빠져들었다.

김 할머니와 박 할아버지의 노래는 시간이 지나도 여전히 사람들의 마음속에서 흘러나왔다. 그 노래를 들으며 마을 사람들은 서로의 손을 잡고, 함께 춤을 추며 축제를 즐겼다.

이 순간만큼은 시간이 멈춘 듯했다. 그들의 사랑이 여전히 살아 숨 쉬는 것처럼 느껴졌다.

늦은 밤, 축제가 끝나고 마을 사람들은 하나둘 집으로 돌아갔다. 정원에는 아직도 사람들이 남아 있었다. 밤하늘의 별을 바라보며 조용히 이야기하는 이들은 모두 김 할머니와 박 할아버지를 떠올렸다. "두 분이 여기 계셨다면 참 기뻐하셨을 거야," 라는 말이 여러 번 오갔다. 그들에 대한 그리움과 감사가 가득한 밤이었다.

그렇게 또 한 번의 봄이 지나갔고, 마을은 여전히 평화롭게 돌아갔다. 사람들은 그들의 이야기를 잊지 않았고, 그 사랑은 언제까지나 마을을 지키는 수호신처럼 남아 있었다.

김 할머니와 박 할아버지의 정원은 그들의 기억을 이어가는 상징으로, 그리고 봄마다 피어나는 사랑의 증거로 남아 있었다.

그리고 그들의 이야기는 그날 밤처럼, 밤하늘의 별빛 아래에서 계속해서 전해졌다. 오래된 노래와 따뜻한 미소, 그리고 한없이 평화로웠던 두 사람의 삶은 앞으로도 이 마을의 봄과 함께 영원히 이어질 것이다.

노년의 사랑

햇살은 부드럽게 내리고
가을의 잔잔한 바람이 우리 곁을 스친다
손을 맞잡은 채, 천천히 걷는다
흐린 눈빛 속에서도 당신의 미소는 여전히 따뜻하다.

주름진 손등에 남은 세월의 자국,
그 모든 시간은 우리 함께한 추억의 선물
새벽부터 맞이한 하루가 지나
어둠 속에서도 우리는 서로의 빛이 된다.

말은 많이 하지 않아도 괜찮다
긴 침묵 속에서도 마음은 전해지니까
젊음의 불꽃은 사라졌지만,
그 자리에 자리한 건 깊은 강물 같은 사랑.

지금, 이 순간, 이대로 충분하다
덧없는 세월도 우리를 두려워하지 못할 테니
늦은 사랑이지만, 그 사랑은
여전히 봄처럼 피어오르고 있다.

노년의 사랑은 아름다웠다

두 할아버지와 할머니의 사랑은
나이든 나무처럼 깊었다.
서로의 주름에 새겨진 시간들
어느덧 말없이도 알 수 있는 마음.

손끝에 남은 따스한 온기
눈길 속에 담긴 오랜 추억
말로 하지 않아도 느껴지는
그들의 사랑은 바람처럼 자유로웠다.

함께 걷던 길 위에 남겨진 발자국
하얗게 피어난 꽃들이 기억하는
그들의 젊은 날,
그리움조차 달콤했던 시간들.

지금은 천천히 흘러가는 강물처럼
서로의 곁에서 조용히 머물고
작은 손짓 하나에도
세월이 녹아 흐르는 사랑.

두 할아버지와 할머니의 사랑은
비로소 완성된 그림처럼.
삶의 끝에서도 아름답게 빛났다.

제목: 노년의 사랑 (단편소설)

초판 1쇄 인쇄 2024년 10월 24일
초판 1쇄 발행 2024년 11월 01일

지은이: 서인석
펴낸이: 서인석
편집 및 디자인: 서인석· 서윤희
펴낸곳: 도서출판 열린동해문학
<등록 제 573-2017-000013호>
주소; 충북 청주시 서원구 모충로 93 1층 101호
HP: 010-7476-3801
팩스: 043-223-3801

ISBN 979-11-986990-8-4 (03800)

  이 책의 판권은 저자와 출판사의 동의 없이 무단 및 복제를 금합니다. 파손된 책은 구입처에서 교환하여 드립니다. 이 도서의 국립중앙도서관 및 서지정보유통지원 시스템 홈페이지(http://seoji.nl.go.kr)와 국가자료공동목록시스템(http:nl.go.kr/kolisnet)에서 이용하실 수 있습니다.